So gehts:

Motive ausschneiden

Weiße Teile ausmalen

- - - falten

kleben

Du brauchst:

Schere

Kleber

Stifte

So gehts:

- Motive ausschneiden
- Weiße Teile ausmalen
- falten
- einschneiden
- kleben

Du brauchst:

- Schere
- Kleber
- Stifte

So gehts:

Motive ausschneiden
Weiße Teile ausmalen
falten
kleben

Du brauchst:

Schere
Kleber
Stifte

So gehts:

Motive ausschneiden

Weiße Teile ausmalen

- - - falten

kleben

Du brauchst:

Schere

Kleber

Stifte

So gehts:	Du brauchst:
Motive ausschneiden	Schere
Weiße Teile ausmalen	Kleber
– – – falten	Stifte
········ einschneiden	Faden
kleben	
○ Faden anknoten	

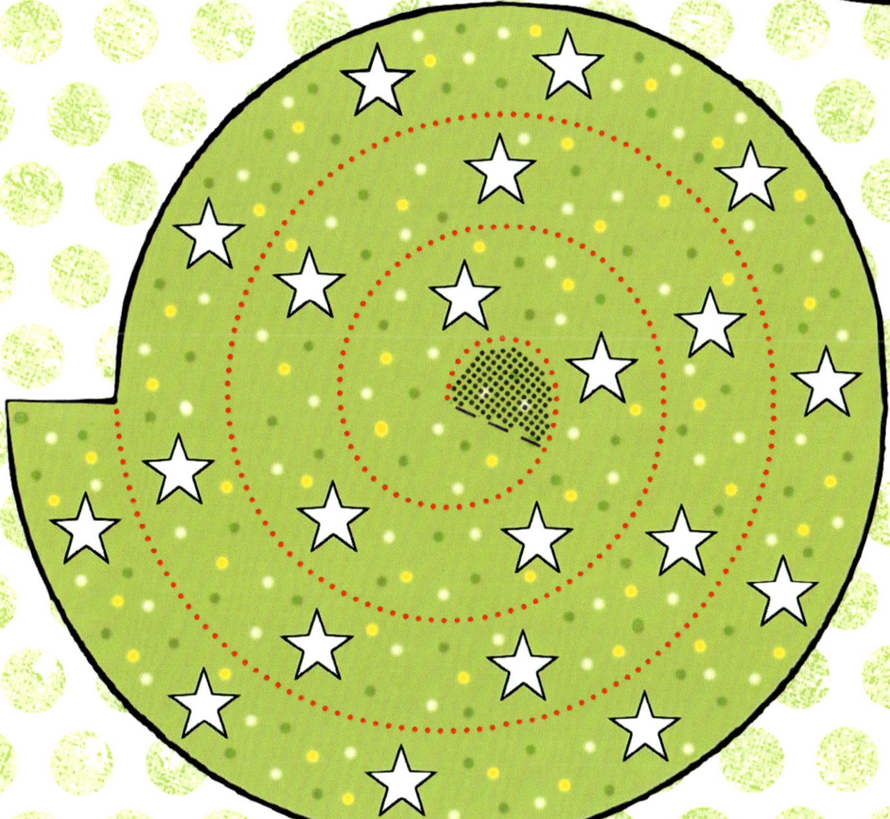

So gehts:	Du brauchst:
Motive ausschneiden	Schere
Weiße Teile ausmalen	Stifte
.... einschneiden	
Teile ineinander stecken	

So gehts:

Motive ausschneiden
Weiße Teile ausmalen
········ einschneiden
Teile ineinander stecken

Du brauchst:

Schere
Stifte

So gehts:

Motive ausschneiden
Weiße Teile ausmalen
O Faden anknoten

Du brauchst:

Schere
Stifte
Faden

So gehts:

Motive ausschneiden

Weiße Teile ausmalen

aufeinander kleben

○ Faden anknoten

Du brauchst:

- Schere
- Kleber
- Stifte
- Faden

So gehts:

Motive ausschneiden
Weiße Teile ausmalen
aufeinander kleben
Faden anknoten

Du brauchst:

Schere
Kleber
Stifte
Faden

So gehts:

- Motive ausschneiden
- Weiße Teile ausmalen
- ······ einschneiden
- Teile ineinander stecken

Du brauchst:

- Schere
- Stifte

So gehts:

Motive ausschneiden
Weiße Teile ausmalen
falten
kleben

Du brauchst:

Schere
Kleber
Stifte

So gehts:	Du brauchst:
Motive ausschneiden	Schere
Weiße Teile ausmalen	Kleber
Teile aufkleben	Stifte

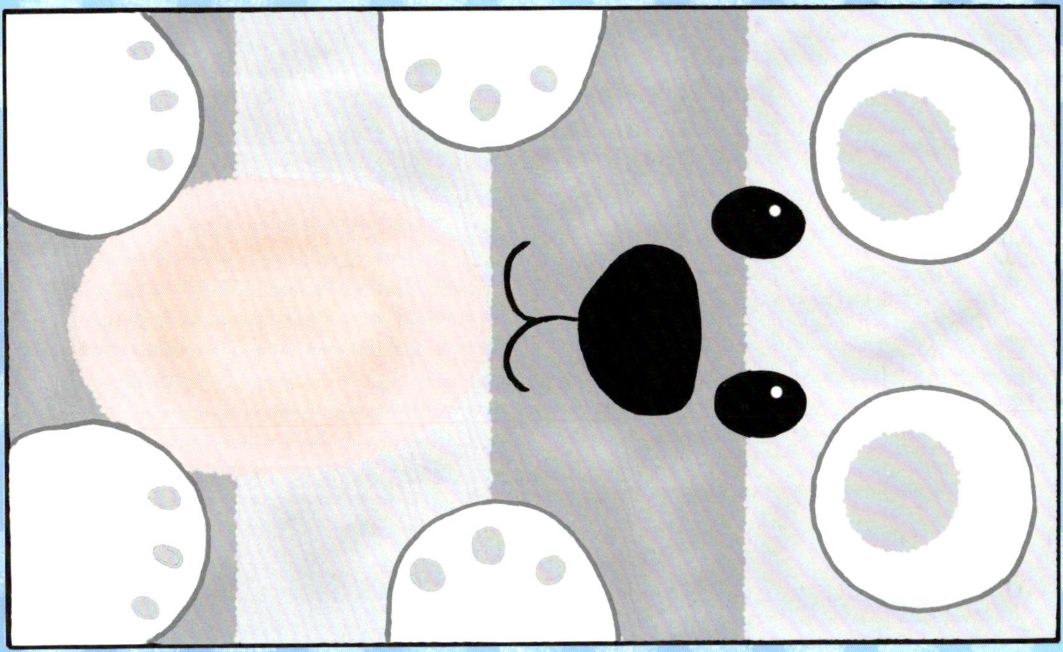

So gehts:		**Du brauchst:**
Motive ausschneiden		Schere
- - -	falten	Kleber
(gepunktete Fläche)	kleben	

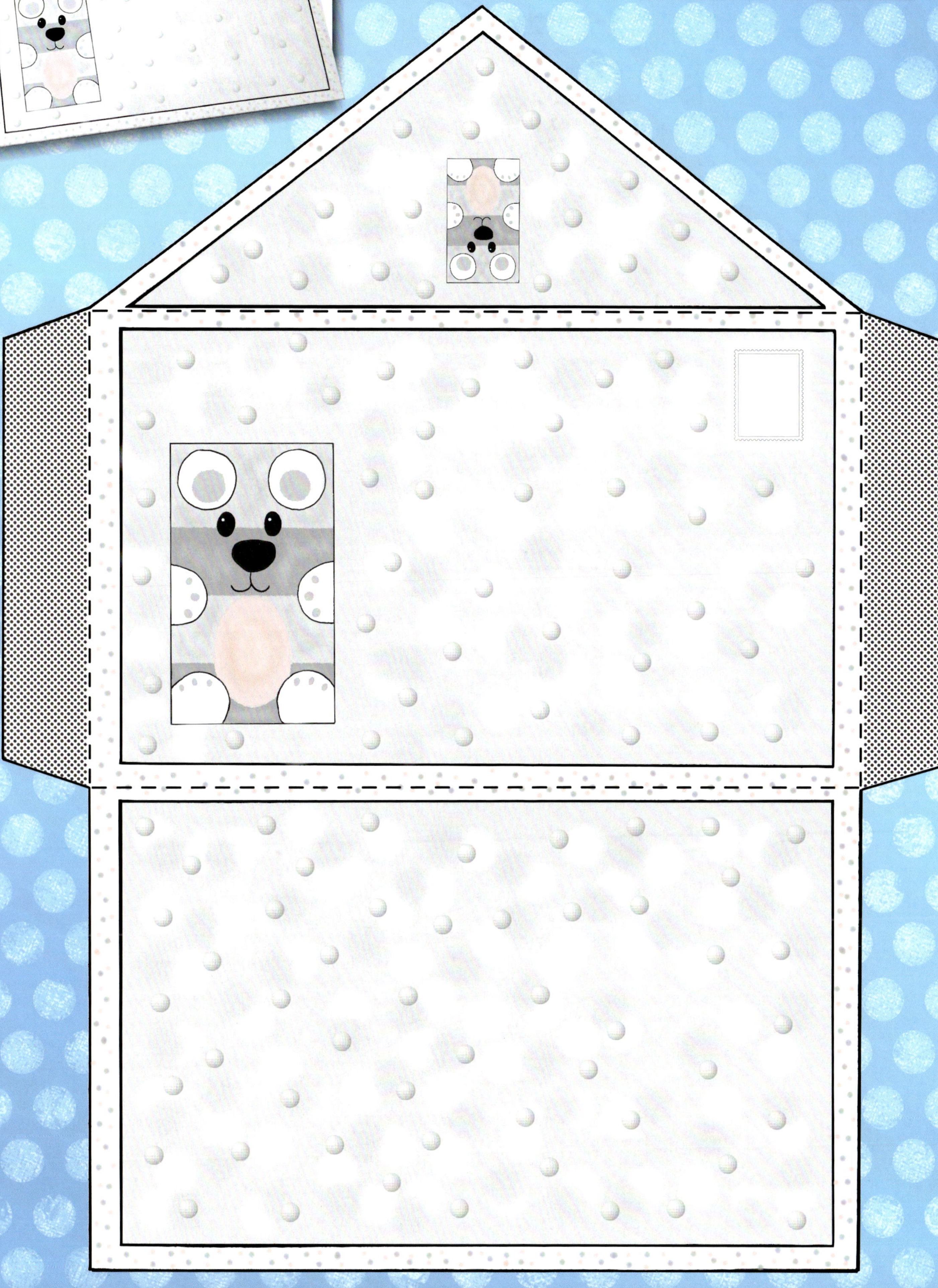

So gehts:	Du brauchst:
Motive ausschneiden	Schere
Weiße Teile ausmalen	Kleber
Teile aufkleben	Stifte

So gehts:

Motive ausschneiden

falten

kleben

Du brauchst:

Schere

Kleber

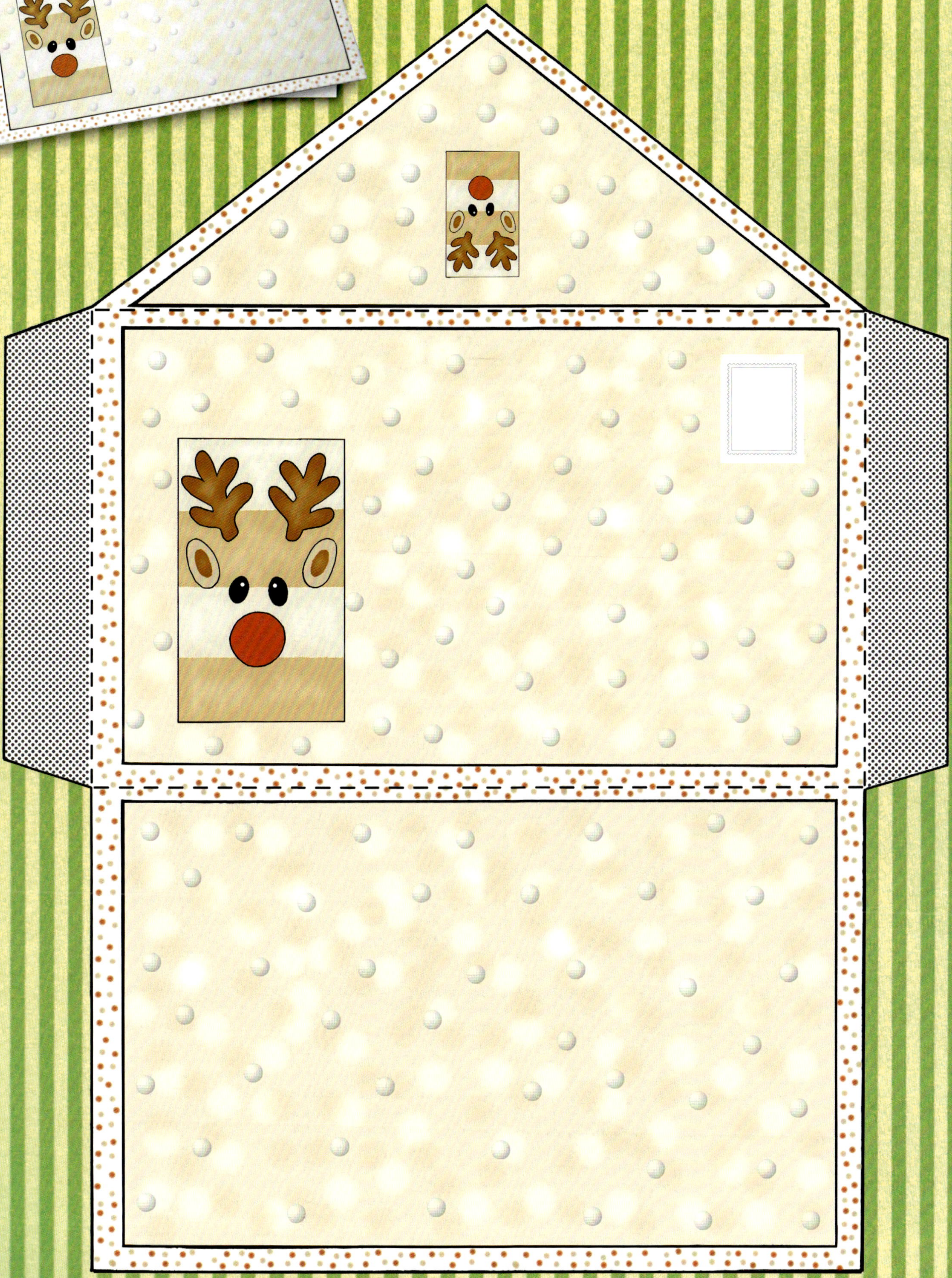

So gehts:	Du brauchst:
Motive ausschneiden	Schere
Weiße Teile ausmalen	Kleber
falten	Stifte
kleben	

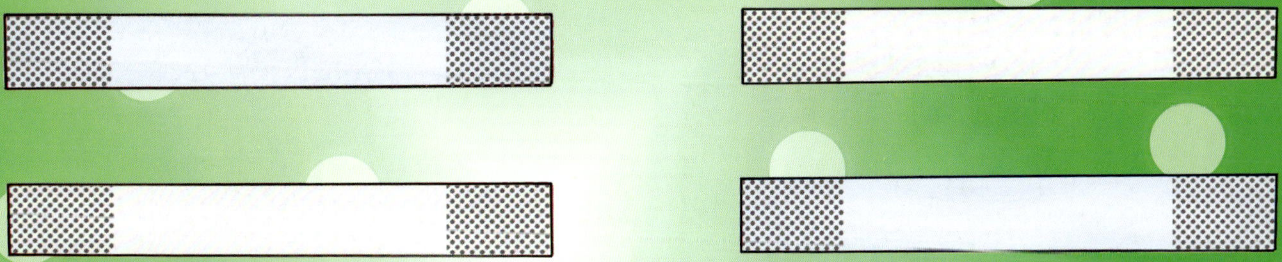

So gehts:	Du brauchst:
Motive ausschneiden	Schere
Weiße Teile ausmalen	Stifte
○ Faden anknoten	Faden

So gehts:	Du brauchst:
Motive ausschneiden	Schere
Weiße Teile ausmalen	Stifte
O Faden anknoten	Faden

So gehts:	Du brauchst:
Mandala ausschneiden	Schere
Weiße Teile ausmalen	Stifte

So gehts:	Du brauchst:
Motive ausschneiden	Schere
Weiße Teile ausmalen	Stifte
O Faden anknoten	Faden

So gehts:	Du brauchst:
Motive ausschneiden	Schere
Weiße Teile ausmalen	Stifte
Faden anknoten	Faden

So gehts:

- Motive ausschneiden
- Weiße Teile ausmalen
- - - - falten
- kleben

Du brauchst:

- Schere
- Kleber
- Stifte

So gehts:

Motive ausschneiden
Weiße Teile ausmalen
— — — falten
········ einschneiden
kleben

Du brauchst:

Schere
Kleber
Stifte